F405405

9 789778 837292

"أوجاع الياسمين"

تأليف

روعة العيد

اسم الكتاب: أوجاع الياسمين

نوع الكتاب: خواطر

تأليف: روعة العيد

التدقيق اللغوي: أميره سعيد

تنسيق داخلي وتعبئة: جهاد محمود

تصميم الغلاف: دعاء عطيه

رقم الإيداع/2024:25957

الترقيم الدولي:I.S.B.N 978_977_8837_29_2

جمهورية مصر العربية – القاهرة

مدير النشر: أحمد مكي – جهاد محمود

01208209008 – 01142340175

Ahmadmakay79@gmail.com

أوجاع الياسمين

"إهداء"

إلى كل من يقرأ حروفي، ولكل من كان مصدر إلهامًا لي لتسطير تلك الحروف من على أوتار المشاعر إلى الورق، لتعبر عن مشاعر صادقة بكل شفافية ووضوح، وإلى من رافقتني عبر سنوات وساندتني كلما غزا اليأس أحلامي، وكانت دائمًا ما تكون بجانبي، إلى من زرعت داخلي الأمل وزينت الحياة بعيني بألوان الفراشات إلى من دعمت حروفي لترى النور

وكأنها زهور نبتت من بين صخور وروتها، إلى من آمنت بي وقدمت لي الدعم لأقدم تلك الحروف المتواضعة، لصديقتي الغالية الكاتبة المتميزة

« نور الباسي » يسرني أن أهديها هذا العمل الكتابي لكم ولها، والذي أتمنى أن يكون بداية جميلة مثمرة في قادم الأيام

وأن يتم تقبله من قبل كل من يقرأه بعون الله.

"المقدمة "

أعلم أن هناك كتبًا تطرح كل يوم تصف المشاعر الإنسانية في مدها وجزرها وحلوها ومرها، لينها وقسوتها وهي وليدة تجارب وقناعات كاتبها لامست قلبه وفكره ففاضت كلماته ليشارك

ذات الشعور مع محيطه القارئ؛ لذا اسمح لي عزيزي القارئ أن أقدم لك تجاربي وقناعاتي المتواضعة

التي كتبت بقناعة تامة وهي عبارة عن مجموعة خواطر متنوعة مليئة

بالضجيج تارةً وبالسكون تارةً أخرى، وعلى الرغم من تزاحم الكلمات في مخيلتي إلا أنه كان يجب أن تخرج من حالة الصمت والبيات الفكري وتخرج إلى النور لترى وقع صوتها على إحساس قارئ قد يكون في حاجة لمن يتكلم عنه أو أن يعيره صوته، خذ ما كتبت هنا أيها

القارئ على أنه نغمة عزفت على وتر المشاعر واسمعها معي تمامًا كما كنت أنا أسمعها، خذ ركنًا قصيًا في أحاسيسك حيث تبحث عن ضماد ليرتق جرحًا يئن بين الحين والآخر، وشاركني ولأشاركك السقوط في أعماقك، فكلماتي صحيحة حروفي صحيحة قد تصلح لتسكين أوجاع يومك، بكل هدوء كأنك عازف على وتر من ضوء مر على حروفي مقطعًا مقطعًا، ولا تتعجل إن لم تكن في منأى عن ضجيج يومك، أغلق الكتاب وخذ موعدًا آخر معه في أقبية الليل، لتكون جاهزا لقراءة أفكاري والسماح لها بأن تغزو روحك ومخيلتك

فكلماتي جمعت من على الناصية وأنا في طريقي إلى ما يغرسني في وحدتي فلن تجد لحنًا لها إن لم تقرأها وأنت وحدك، اعلم عزيزي القارئ أن عيناك تتلاحقان في نظراتها إلى كلماتي ها هنا لتنتهي من المقدمة لتبدأ في سبر أغوار الأوراق التي بين يديك، إن كنت جاهزًا الآن فسأتركك مع كلماتي وحدك، اقلب الصفحة الآن.

"رفقًا بروحك"

في كثير من الأوقات

تضيع منا أنفسنا

نجري خلفها

نبحث عنها إذا ما توارت

خلف ما أوجعنا

نحاول عناقها

وبكلمات مفرحة نواسيها

علّها تعود إلى المكان الذي

بدأنا فيه بإيذائها

ويبقى هذا الصراع بيننا

وبينها فلا هي تعي ألا تتألم

ولا نحن نتوقف عن جلدها.

"بين ظن ووهم "

الخيبة لا يمكن إلصاقها بأحد،

هي مجرد هاجس بينك وبين

أفكارك، أنت نسجت أوهامًا

تعتمد على مشاعرك، وبنيت

عليها آمالًا من وهم؛ لتبقى

الخيبة نتاج أفكارك أنت،

ليس ظنك، فتسقطها

كيفما شئت على من شئت.

"ويبقى الأثر"

نمضي في هذه الدنيا نلتقي فيها بالكثير من الأشخاص هناك من هم مقربون منا، وهناك من أبعدتهم المسافة لكل منهم في حنايا القلب حبًّا وشوقًا، لكن لا يقاس حب الأشخاص بتكرار رؤيتهم ليصبحوا مألوفين للعين فهناك أشخاص يستوطنون القلب رغم ندرة اللقاء فيصبحون مألوفين للقلب، وهناك أشخاص تحن لهم الروح شوقًا، ويدق لهم القلب حبًّا دون لقاء، أولئك الذين تركوا داخل أروقة الروح بصمةً فأصبحوا الغرباء المقربين أولئك الذين تخطى وجودهم كل شعور فلا توفيهم حقهم الجمل والكلمات والمفردات، ولا يحصرهم الوصف ولا دقة التفاصيل إن غابوا جاد القلب حزنًا، وإن حضروا جادت الروح فرحًا وهناءً.

"رواية بلا عنوان"

لكل منا روايته الخاصة، وليس من الضروري أن تأخذ شكل السردية لتُقرأ من قِبَل الآخرين، أو أن تُدَوَّن بين دفتي مجلد وتباع بأغلى الأثمان وتُذاع في أرقى المقاهي وتدخل ذكراها التاريخ، إلا أنها روايتنا ذات الحروف الصامتة المحفورة داخل أرواحنا التي خطت حروفها من محبرة الليل الحالك، والتي ما زلنا نكتب تلك الحروف على أوراقها المختلطة، التالف أولها، والمتجدد حاضرها والمجهول أخرها لتبقى هي روايتنا، ونبقى نحن البطل والكاتب والقارئ الوحيد لها.

"رقصة على وتر الدمع"

على ما يبدو أنها تلك هي النهاية يا عزيزي... دعني أعتذر للغد عمَّا سيحل به بعد أن نفترق؟! كيف سيحمل ذكرياتنا ما ذنبه لتضيق به الأرض وتجعله يطل من نافذة الحنين، كيف للخيبات أن تكمل ذلك الطريق حاملة فوق ظهرها كل الأحاسيس المنكسرة وكيف ستعبر الليل بساقيها العارية تخطو فوق ما تشظى من حطام ذكرياتنا دعني أعتذر لنواياي البريئة عندما ظننت أنك ستبقى لي وأنا لك دعني أعتذر لدموعي التي سوف تهطل على خطى غيابك حين تبتعد في زواية الشوق الباردة دعني أعتذر لنفسي ولك على كل ما سيحل بيننا من صمت هل لي بطلبٍ أخير منك، هل لي برقصةٍ أخيرة معك لتعانق روحي الجريحة روحك لتختلط قطرات دمائها بحبات دموعك؛ لتسقط بين خصلات شعري الحائل بيني وبين صدرك دعني أغرق فيها للمرة الأخيرة؛ لأدرك كل ما هو آخر، وأدرك معك المزيد من الذكريات قبل فوات ووفاة الوقت.

"خيبة أنثى"

وأنني لأحتضن خيباتي كلما مررت في خيالي، أحتضن ذاك الفراغ الذي أصبح قاتلي، أين أنت الآن!

وأين تلك الكلمات التي كنت تلقيها على مسامعي، وتقول لي: "أنتِ كل النساء وأنتِ أجمل ما أسر ذاتي، أنتِ فراشة ربيعي والحورية التي تسبح في جنون خيالاتي، أنتِ متمم ما مضى من عمري والحاضر الآتي وما أهوى"، أين تلك المشاعر التي كانت ترقص فؤادي؟ أين ذاك المكان الدافئ الذي غفونا به معًا في عتمة الليل! لماذا باتت قلاع أحلامي ركامًا! لأبقى هنا وحدي أسيرة الزمان والمكان والآن تصغر الدنيا بين قلمي وبين ما أكتب لأبقى أنا هنا أحتضن ألمي وخيباتي.

"كن لنفسك السند"

كن لنفسك السند والرّفيق الذي طالما تمنيت أن تكون، كانت تتردد هذه المقولة على مسامعي كثيرًا

لكني لم أكن أعيرها اهتمامًا أو يستوقفني معناها، كنت أقول لنفسي: كيف يمكن أن نكون لأنفسنا سندًا! فلحظات الضعف التي نمر بها تشغلنا عن إدراك سقوطنا من فرط الألم، ونحن بحاجة لمن يقف بجانبنا لنستند عليه بكل ما فينا من تعب، الكثيرون حولي يبحثون في مجالي الحيوي، منهم يغرقني بعطفه، وآخرون بالأحاديث يشدونني خارج الوقت لبعض الوقت، لكن عندما سقطت في محنتي لم أرَ أحدًا منهم يسند رأسي المثقل بالقلق والخوف، الكل تلاشى راكبًا كلماته وابتعد حتى لا يُرى ولا يَرى، عندها أيقنت أنه لم يتبقَ لي مع نفسي سوى نفسي، عرفت حينها ما معنى أن لا أرتمي ولا أنحني باحثًا عن متكأً أميل عليه، بل صارت المعاني أكثر وضوحًا حين أقول الآن لنفسي: "كن الرفيق لذاتك وكن السند لنفسك".

"بين أنا ولأنا"

هل تعلم أنه في داخلك فقط تكون أنت كما تعرف نفسك وليس كما يراك من حولك، وأنك متردد متكرر متقمص متماهٍ بصور عديدة ومختلفة، وأنك تُرىٰ بعين الحاجة وتُرى بقدر ما تقول؛ لذلك تذكر إذا تحدثت مع أحد إياك أن تأخذك الأنا العليا وألا تصاب نفسك بهوس تقليب احتمالات أن تكون ما لست عليه؛ لأنه هناك دائمًا هوة تتسع بين أنا والأنا الأخرى التي تسكنك فلا تعود لتعرف من أنت، فأنا تعني ما تراه أنت، وأنت تعني ما يراه غيرك.

"حقائب ديسمبر"

ههنا والآن... ما زلت أَحيا الأزلية ولا أَمضي إِلى معنى الوجود المؤقت؛ أجلس القرفصاء على درج بيتي الممتلئ بالوحدة احتضن ركبتاي أراقب سقوط أوراقِ الزيتون تحت أمها ، وربما أَحزن علىٰ موعد مؤجلٍ لتلاقي الأرواح، أخيط ثوبًا للشتاء من ورق الشجر الهش وأخبئ في جيوبِهِ بعض الحنين لأيامٍ مضت، لأيامٍ أخذت معها آمالًا، ولم تقطع الطريق معي، لكنها مضت أتى ديسمبر يلملم كل ذلك الحنين وكل تلك الخيبات، يكنس ما شاء بسطوة النسيان جميع ما تشظى من حطام الروح ويودعها الذاكرة وترك لنا أحلامنا لتكون منابع كلمات لنكتب منها سيرةٍ ذاتيةٍ عن عبثية الأشياء وضدها عن حياةٍ جديدةٍ سأختارها على هواي بما تمليه عليَّ رؤاي، سأكتب عن دعوةً لحفلة رقصٍ سنويةٍ وفرصةً من رحم السماء علٍ أحيا فصلًا آخرًا إضافيًا، لأرقص مع إِيقاعه سأحيا مناصفةً بين أولِ التكوين وبين أولِ المطر، لي نصف حياةٍ والنصف الآخر قَيد الانتظار يحمله ديسمبر في حقائبه، وها ذا أنا أنتظر.

"الوداع الأخير"

كنت أقول لنفسي: أن لا شيء سوف يحرك هذا القلب لينبض خارج مساره، كيف وهو الذي عندما التقى بك تسارعت ضرباته ورقص على خيط خفيف مثل وتر مده صوتك من شفتاك حتى مسامعي،

خذ روحي إليك وارسم لها الطريق لتهتدي إلى عينيك،

خذ قلبي الذي أصبح ينبض بك

خذ عيناي لترى بهما كيف أراك،

خذ مني كلي واترك بعضي

تائهًا بين ذراعيك،

خذني يا حبيبي مني فلا حياة أحياها بعيدًا عنك، هاتِ كفك واجعله يتخلل بين أصابعي ليلامس روحي لتخلق امرأة من تحت رماد الحنين المحترق على غيابك،

هات يدك يا حبيبي ودعني أغوص في بحر عينيك،

هات يدك لنحلق معًا في سماء الخيال ونملأ الدنيا بي وبك

هات يدك ولملم أجزائي المتناثرة وضمها لصدرك،

هات يدك يا حبيبي ولا تفلتها فلم يتبقَّ من العمر شيء،

هات يدك فقط وأغلق عينيك لتهيم بي وأهيم بك،

دعني ابتكر سمفونية جديدة لا يعرف لها لحن إلا إذا أنت ضحكت،

هات يدك وراقصني كما المجانين تحت حبات المطر،

دع روحي تبتل من ملح مقلتيك عند عقد حفل الوداع

بيني وبينك راقصني للمرة الأخيرة

قبل سفر الربيع وقبل وفاة الوقت

هات يدك يا حبيبي واجعله وداعًا يليق بي وبك.

"لصديقتي البعيدة"

عندما رأيتُ ضوء القمر خطفَ قلبي،

تأملته وأطلت به النظر، رأيت وجهها قد شعَ من خيوط نوره؛

وبدأت أخط من ذاك الشعاع حروفًا زرقاء

لأكتب لها قصيدةً من فضة القمر،

وأرسلها مع سكون الليل كساعي البريد، لتُبلغها

عن ما فعل بي حبها وإعجاب القمر؛

أيا حلوةً بالبهاء وجهكِ طل متألقًا،

أما من رحمةٍ بها أرُحم!

أبتلي قلبي بحبكِ فأي ابتلاءٍ

من ما ابتليت به أعظم

كلما أغلقتُ عينايَ مدعيًا منك الهروب،

وجدتُكِ في ظلامها نورًا قد هل وأنني أغلقت عليك عيناي لا عنك، كيف الهروب منكِ وأنتِ التي

اتخذتِ داخل الروح سكنًا سكنتي وما القلب من حبك سكن،

تعالي واقتربي أما آن للقاء أن يعلن

تعالي يا فتاتي فإن الروح في بعدكِ

متعبة وإن العقل كاد أن يُجن،

تعالي يا نور تعالي وأنهي كل المآسي التي من بعدك بي تحل، فلا شيء يشفي السقيم بالحب من العلل، مثل لقاء الروح بالروح من هذي لهذي بخفة تنسل، هذا الدواء وهذا الشفاء لكل من ابتلي مثلي بمثلك، وبالحب أصيب بسهمه وقتل.

"غريب الديار"

الغربة هي مكان لا يسكن فيك ولا أنت تسكنه، يقينًا أنهُ تماهٍ بالحياة مؤقت، وسيمضي دائمًا ما تحن أرواحنا إلى الأمان إلى مكان تنتمي له لتسكن فيه فتهدأ وتستكين،

يكون ملاذها الأبدي، إنها أرواح هائمة تبحث عن انتمائها فيما يشاركها لحظاتها،

لكن لن تجد ما تبحث عنه؛ لأن الثابت الوحيد هو عدم الثبات لهذا الوجود، ولا انتماء لزوال فتتركنا غربتنا بين زائرين نحن وزائلين يومًا، هي ترهات خالطت أذهاننا وهامت بعبثيها أرواحنا، وبدأنا بالبحث عما سقط منا وعن ما ضيعنا، لكن لم نجد لنا فيها بداية وما كان لهذه الغربة وجود سوى ما نراه في اللاوعي ولا نرى سوى شتات الأمنيات وغصة سفرجلية تخنق الكلمات، تلك الغربة حياة على ذمة الحياة وأحلام قيد التأليف ومحطات رحيل وانتظار، قلوبٌ مرتجفة تترقب لحظة انهيار،

تتعلق باللا وضوح وعليه نعلق أحلامنا والكثير من الأمل، نحن نصنع غربتنا عندما نبحر بعيدًا عن سر وجودنا، وهو ما بلغنا بها رب السماء والأرض ورب كل الأوطان عليك أن تدرك أن ملاذك هو قرب خالقك وانتمائك له وحده سبحانه ليس بتراب ولا إنسان.

"نظرة ووهم"

بالاقتراب من الأشياء فإننا نراها أكبر من حجمها فنغرق في وهم من تصور العقل لها، ربما يكون التخوف من أمر ما هو ما يعظم الصور فنصاب بالقلق والتوتر، وعندما ينتهي الأمر نرى أننا قلقنا من أمر لا يستحق التوقف عنده حينها، أو ربما تكون سرعة تدفق المشاعر سببًا لعدم قدرتنا على كبح تمدد الأحداث قبل حدوثها، لكن هنا الأمر يكون أشد دقة بالنظر إلى تفاصيله الصغيرة ويتطلب الانتباه والحذر أكثر فغالبًا تكون المشاعر في حالة الوهم عند القرب فهي رقيقة هشة ولا تتشكل إلا بجمال ما يتخيل مالكها من فرط انغماسه بالممكنات فتزين له كل ما يعبر به وإن ابتعد فإنها تبقى ترتسم على جدران ذاكرته كما هي طبيعتها وفطرتها الأولى، وإن في سعة الخيال فقط، وهنا بقدر ما نكون بمأمن من استقلالها عنا لتفلت من عقالها إلى أشخاص قلبوا لنا الأحلام والصور وشيدوا من مشاعرنا درجًا صاعدًا إلى متاهات عليا فوق الممكنات، نكون نحن الخطر على أنفسنا فنبدأ بالابتعاد عن الواقع والانسجام

مع ذلك العالم الوهمي مما يجعل الأمر أصعب من قبل، وهنا يبقى السؤال دائمًا يجوب في أروقة خواطرنا كيف نحافظ عليها دون أن نسمح لأحد أن يؤذيها أو ترتد هي علينا فتؤذينا.

"ما بعد الإدراك"

من أشد اللحظات صعوبة التي قد يمر بها الإنسان هي ربما لحظة إدراك بين خطأ وبين صواب بَيّنٍ، بين تكهن ويقين، هي التجربة والخطأ وما تتركه الأضداد الحياتية على أسباب وجودنا سعداء كنا أو تغشانا رمادية الكآبة،

بالانتقال من حال إلى حال في خضم هذا الجزر والمد ربما هو أمر جميل أن نستفيق من غفلتنا حين نرتطم بواقعنا لتتعدل بوصلة الحاضر فينا فنغير مسارنا ونخرج من حالة بين هذا وبين ذاك أبيضًا كان أم أسود والضياع بينهما فيبقى الرمادي سيد الموقف، لكن الصعوبة تكمن في ماضي مر بنا، كيف تراقص الوهم في أزقة عقولنا وكيف تعالى القبيح على الجمال كيف!! كيف كان لاةً واحدة أن تجمع كل آلام الروح في لفظة واحدة، لا نستطيع غفران زلاتنا تجاه إدراكنا وأننا يومًا لم نمعن في هذه الحياة النظر.

"القاتل الخفي

أيها الليل ماذا تريد مني؟ تحاول اغتيالي كل يومٍ، وأنا أهرب مني ومنك لألوذ بصمتي، قل لي أيها الليل كيف أبوح للمارين بنافذتي المنشدين لليل أغاني السهر، وكيف لي أن أبين لهم أن كل ما أوجعني خُبِست حروفه في داخلي المهجور، وكيف أن لساني عجز عن النطق بما يحدث لي وبي وأن أشرح لهم ولك أيها الليل عن أثر شوكة الألم في خاصرتي، هل لي أيها الليل بمسامرة لنعقد هدنة بين الضحية وجلادها، خذ عيناي واعطني محبرة

من سواد معطفك لأدثر من برد العواطف ما كتبت فيك أيها الليل، لأتحسس نبض الحروف بأناملي فأراك كما أنت تراني، وأرى حروفي وجذوع كلماتي المترامية

وهي ترشح نزفًا من دمي علّها تبلغ من يحمل داخله مصابيح النور ليأتي على طريق النجاة يأخذني من يدي ويدلني عليَّ، اذهب أيها الليل وخذ ما تبقى مني عن أرصفة الساهرين، اذهب علَّها عيناي تنير ظلامك وتنجلي عتمتك عن أحلامي وعن خطاي.

"محرقة الانتظار"

أُراقب نبضات الوقت اللعين متى تمضي وأتساءل في سري متى يأتي ذاك الوقت المنتظر الذي تعانق فيه روحي روحك، وأدثر قلبي بمعاطف الشعور ليصيبني دفء صوتك، ليسرقني إلى عالمك الجميل الملون بزبرجدية صوتك، الذي ينبعث معه دخان سجائرك، واستمع لصوت ما تشعل به خيالي، أرهف السمع لصوت اللهب وكأنه خالط نيران قلبي، أحبك، وأحب كل ما بيننا، كلامك وصمتك حتى تلك الأهداب عندما تغلقها وتتمتم وأنا، وأنا أيضًا أحبكِ مجنونتي، أحبك.

"لحن الموت"

ما بال الأشياء تخلت عن جمالها وكأنها خالط السواد حالها! ها هي الشمس تسقط في صحنها خلف الأفق حزينة وكأنما بأسًا أصابها، وها هو البحر ساكنٌ لم تعد موجاته تتراقص مع النوارس التي باتت متعبة من صفق أجنحتها! ماذا حصل؟ حتى الليل

أصبح زاهدً من أسواره حتى أنت أيها القلب ما الذي أصابك؟ لما باتت أصوات خطواتك تتسارع إلى أين تذهب وعلام ترحل!؟ ما الذي دعاك لترتعد يبدو أن هناك شيء ما حدث!

يبدو أن هناك عزاءً ساد الوجود، نعم تذكرت أن مشاعري قد فارقت الحياة نعم مشاعري، الكل حزين عليها، وكل شيء أمسى باهتًا، أنا أحسد الوجود الذي ما زال يمتلك مشاعرًا ليحزن ليس مثلي أضهيت بلا مشاعر حتى مشاعري ماتت وسقطت قربها مضرجًا بغيابي عني، ولم يكن لي حصة منك أيها الوقت ليتسنى لي أن أحزن عليها وأن أرقب مشاعري وهي عني ترحل.

"جهل العاقل الفضول"

لا تسأل عن أمور لم تبدُ لك، ولا تحاول تفسير ما تراه فخلف كل حرف وجع ليس لأحد أن يشعر به ويشيع خبره حسًّا كان أم علنًا، أو حتى أن يتم فهمه، فقط خذ حصتك منه وما يناسبك وما تستطيع تحمله استيعابه،

أم الباقي فدعه لغيرك، ربما نتقاسم المواجع ذاتها، ولكن لكل منا ألمه الخاص يزيد مع الوقت وينقص وشعور يأتلف ويختلف على حجم الوجع وجرحه، ولكن ليس الحق لأي أحد أن يعلم ماذا خلفه وما المسبب لها.

"لقاء من بعد يُقضى"

كل مرة أقف فيها أمام المرآة أسأل نفسي ذات السؤال: ماذا تريدين؟ ما الذي يرضيكِ، ماذا ينقصك لتشعري بالسعادة المشتهاة؟ أنظر فيني في انعكاس صورتي وأحدق بعمق ولا يجيب أحدٌ منا لا أنا ولا انعكاس صورتي، وأنا أحاول أن أبحث عما يرضيها، فتراني أسعى لأقدم لها كل ما هو ممكن حتى ترضى، لكن في كل مرة أعود لها أجدها حزينة، اليوم فقط فهمت ماذا تريد، فهمت أن أكف عن إيذائها وشدها إلى الألم ظنًّا مني أنني أقدم ما يسعدها، علمت أن لا أبحث عن السعادة بل أنتظر أن تجدني السعادة في نهاية كل شيء، وبينما أنا أتلذذ بفنجان قهوة، أسرح شعري وأسدله على كتفاي وأهتم بتفاصيلي كلها بحب وأصادق نفسي، وأضمها

داخل روحي وتحت أضلعي، فهي لا تريد سواي، ولا تريد سوا حضني وأن تستكين فيني.

"وفاء جاهل"

هناك أشياء في داخلنا تسكننا بهدوء تنساب فينا بخفة الفراش وتسيل منا كالندى يقطر من تفاصيل وجوهنا، نحب هذه الأشياء الخفية ومن شدة التعلق بها نصل للحد الذي نؤذي أنفسنا من أجل الحفاظ عليها في المكان والزمان اللازمين، لكن وفي أحيان أخرى ينقلب داخلنا خارجنا وخارجنا داخلنا وتتغير الأدوار ونصاب بالتعب منا وعندما نصل للحد الأقصى من التعب سوف نرخي قبضتنا عنها، ونكتشف أنها كانت عبئاً علينا لا أكثر.

"التوجيهات الفاشلة من العقل للقلب"

وبعد كل نوبة جنون تستفيق الذاكرة ويتحفز

العقل ما بين ندامة مطبقة وشح في الحيل، ليقول وبكل صلابة أيها القلب ما بك تأخذني لأماكن لا أنتمي إليها!

ربما أنت تمازحني

وربما أنه حقًّا لا يمكن الوثوق بك

ماذا أفعل بك قل لي؟

كيف أخلصك من ذاك الخلل الذي أصابك

وأقنعك أنك خلقت لتضخ الدم في عروقي لأحيا على وقع خطاك في صدري وليس لتهيج السخافات في عقلي، اهدأ، وقم بعملك فقط فلا أريد أن أقسو عليك وأوحي لحاملي وحاملك أن يقطع أحد شرايينك،

أنا أتفهم ما يدور خلف نبضاتك، ولكن عليك أيضًا أن تتفهم أنني العقل ولن أستبيح أفعالك ولن أرضى أن تخرج عن سياق المعنى من وجودك، فقط توقف عن ترهاتك واعتدل بنبضك وأنا سأمدك بحقائق أوهامك.

"تعلق بلا منطق"

أمضيت عمري باحثًا عن روحي

ولم أجدها!، وعندما التقيت بك وجدتها

مختبئة خلفك كانت تنمو بين ذراعيك، وكلما تحدثت معي أراها تهرب وتتحرر وتتمرد وترجع مني إليك ثانية؛ لتقترن بما تنطق، وبما تهمس، كيف بالرحيل إذا ما يومًا طرق بابي وبابك؟، كيف لي أن أحيا بلا روح والروح عندك، تأبى مفارقتك.

"ثمن حماقة العاقل"

دائمًا ما نسير في طرقات نعلم يقينًا إلى أين سوف يؤدي بنا آخرها، لكن لا نملك الكثير من الخيارات ومهارة التبصر لننحدر عنها، وننعطف فتحملنا الطرقات ونحن ذلك الشيء الذي يمشي على حوافها، وكأنها تبعثر شظايا بلور مكسور يخدش أقدامنا التي أدماها استمرار المسير، لكن وجب علينا الاستمرار لنهاية ما أقدمنا على اختياره برفض تام، وإصرار محتم غير آبيهن بالنهاية التي تنتظر آخر الطريق.

"أنثى ضحية لنرجسي"

خلف قضبان الذاكرة قيدتني، وأقسمت عليَّ عهدًا أن لا أنسى وعدًا وعدته لك وبه

ألزمتني، وتركتني أتجرع الوقت بكؤوس من قهرٍ في كل حينٍ تراني أقلب صورك في مخيلتي، أسترجع معها كل ما فعلته بي، يعتصرني الألم وأنا أحاول نزعك من داخلي ومن خاصرتي كما يُنزع الجنين من جوف أمهِ، وأقول لك الآن والألم يغرز أظافره في صدري لينتزع قلبي، اخرج اخرج من نهاري من ليلي من وقتي من صوتي من لغتي، اخرج من فرحي، وحزني من حلمي، اخرج من بصري ومن تبصري، ومن سمعي ومن سمائي ومن أرضى، اخرج من دمي ومن أوردتي، ومن تحت جلدي، ودعني أكسر قيدك وأخرج من سجني، واتركني أحيا على صدى الأيام، ومع ما تبقى مني فذكراك قد أتلفتني، اخرج ودع سجني لي وحدي دونك عليَّ أن أتعافى من ظلم جحودك على مهلٍ.

" معنى لأشياء باتت تائهة معنى "

الصمت ليس تراتيلًا تتلى بقدسية في معابد الوحدة ولا كلمات تكتب عارية من التورية

لننثرها على المارين بنا والمتطفلين على منافينا، ولا هو أحاديث

تخنق الصوت بأحابيل اللغة ونصرخ لنعبر عن لغتنا بدموع ساخنة، الصمت هو جمود

الحياة بكامل تكوينها بين الضلوع، الهروب من كل ما حولنا وما هو يثير الروح، سكونًا

خفيًّا خفيفًا يخترق بقايا الذاكرة، ويعبث بمكونات الماضي وينفخ من تحت الرماد من الريح ما يشعل الصمت من جديد، ليبقى الصمت هو الزائر اليومي الأزلي المتمدد المتجدد المتعدد المتوحد في صوت واحد صوت اللا شيء، ويبقى الصمت بكل هيبته سفيرًا للعدم في حضور العدم ويسافر بين الذكريات من جواز مرور ومن دون تذكرة.

" وصايا من رمق الشفق "

ويمضي الوقت على شرفات المدينة، ويلتقي الليل بالنهار، وفي منتصف اللقاء يتبادلان الوصايا ما بين كلمات مفرحة وأخرى حزينة، وينال الليل القسم الأكبر من الحزن، أيها الليل لا تحزن الجالسون على ذيل سوادك كثر، وهم سوف يتقاسمون معك الآلام سوف يكتحلون من لونك القاتم، لينمو الأرق على الأجفان معلنًا تنفيذ الوصايا فجرًا، لتعود للقائك بنهار متعبٍ من سهر الأمس لتحمل معك صندوقًا محشوًّا بأسرار الساهرين ووصاياك عنهم للنهار، لتتبادلا كالعادة مثل كل يوم شروق وغروب والعهد الأزلي أن لا نهاية لأصحاب الرؤى يحلمون بالليل بأرض مفروشة بالأزهار، وفي النهار تصب أحلامهم في مجرى الأنهار، لترحل بعيدًا...، ويعود الليل بيدين فارغتين ليحمل مزيدًا من الأحلام؛ ليقوم مجددًا بأتلافها النهار، فلا الليل مخلف وعده ولا النهار.

"الحنين المبتور"

مرحبًا أيها الليل، لما أطلت الغياب

هل لي بركنٍ في ظلامك يغيبني بعيدًا عن الزحام

لأنطوي على نفسي، وأكتفي بضوء شمعتي الخجول،

وأنادي روحًا متقشفة الهمس تسكن أعماق الذاكرة لتحملني وتخطفني من عالمٍ أتلف أجمل ما فيني، كأني مزهرية جفت ورودها في الركن منسية يحتويها بيت مهجور تراكم الغبار في جنباته مع تكرار الأيام، خذيني أيتها الروح، ولفي بي أرجاء السماء لنسلم على النجم نجمةً نجمة، ونلملم من لآلئ الشهب بقايا أمل ونتجول متعانقين في أنحاء رواية عن لقاء بعد الغياب أو في بيت قصيدة نسكن فيه بين القوافي، ونعبر فوق الكلام سطرًا فسطرًا ونرتمي بين الكلمات ونلمسها حرفًا حرفًا، ونغفو فوق أوراقها كأطفالٍ أرهقهم اللعب،

ونحتضن أحلامنا من شرفاتٍ تطل عليك أيها الليل، ونغفوا متمددين فوق عشبك فوق الندى، ونحلم ونحن محدقين إلى سمائك وبمولد أحلامنا وبتحققها كلنا أمل.

"عادات وذكريات"

كل يوم من عادتي أن أجلس أقلب

أوراق الذاكرة، أواسي نفسي

قليلًا وألومها حينًا وما بين

هذا وذاك أقلب ذكرياتي

أتجرد من واقعي، أنساب في زحام الأفكار وضجيجها

تارةً يشدني الحنين لأنصاع

خلفها كطفلة لم تدرك معنى الوعي

تجري خلف مشاعرها كأنها تركض في حقل سنابل خلف

فراشات ملونة أصابها جنون ربيعي، وتارةً يصفعني

موقفٌ كان لي شاهدًا على حماقتي؛

لأنه استوقفني عنده كأنه النهاية أو حكم

القدر، أتجرع الصمت

وأمشي الخطى بين آهاتي

ليرشح جلدي دموعًا

مالحةً خفية ما كانت لِتُرى لولا تعاليها على دمي

فتحترق جروحي بهدوء وأنزف ذكرياتي وأصاب بالنسيان فابتسم

لها وآلمني واقعي وأفكاري، وكأنها تتراقص فوق ألمي لكنه اليوم وهذه عاداته وتلك عاداتي.

"هلوسة متوحد"

دلف الليل كعادته إلى وقتي يحمل نصفي الذي أردت أن أضيعه وعنه أضيع، أيها الليل لما حملته معك وأعدته لي، وأنت تعلم أنني أسعى إلى ألا أكونه ولا يكونني، أتعبني جلده لي وكأنما تحتم

عليَّ أن أحصي جلداته بترددها على نفسي بصمت، وأنتظره حتى يهدأ

وبعد أن ينتهي ويعييه الوقت وألمي استوقفه بسؤال، ماذا تريد مني ولماذا

تتركني كل يوم مبعثرًا بين الأشياء وعبثيتها لتستبد بي الحياة وأنفى في أوجاعي،

على صوت أقدام المارين فوق انكساري كأنها ألحانٌ تنادي ببحتها عليَّ: "هاتي

يدك وراقصي الأحلام وأغلقي عينيكِ بوهم الأمان"، وما تعلق على باب اليقين

أن هذه ليست أنا، من أنتِ ومن أنا، ومن أنت يا نصفي التائه العائد من

شتات يومك مبللًا بدموع الأمس دعنا نجتمع مع ما يكملنا ونكف عن رمي

اللوم على بعضنا، ونعقد نصف اتفاق أنا أغلق نافذتي وأنت تودع

ذاك الليل الكهل، فهو لم يعد يقوى على حملك كل يوم، دعنا

نتفق أن نلملم أطرافنا المتناثرة ونخيط لكلينا ثوبًا من خيوط الذاكرة ثوبًا لا ينبغي لأحد سوانا.

"لوحة من خيوط القمر"

ولأنني أعلم أنك لا تحب الزحام

أنتظر كل يوم حتى ينام الجميع

لأستحضرك في خيالي، وأرسم تفاصيل وجهك كما أشاء

من خيوط القمر الفضية؛ لمسة يديك،

رفة عينيك بسمة شفتيك لأنظر إليك وأخبئك فجرًا لعيوني عن العيون

يا أثمن ما خطت روحي من لوحات وردية.

"حبيبًا من الوهم"

كلما حاولت إخفاءك عنهم

تتمرد ملامحي عليَّ وتعصيني، لتعكس

عيناي ما بين رفة ورفة عن

ساكنها ليهمس الحاضرون لبعضهم البعض،

وكأنها ليست هي! نعم أنا لست أنا

منذ أن دخلت تدور في فلكي، منذ ذاك الوقت

الذي غزوت قلبي وحررته، وكبلته بسلاسلٍ من الورد

ليصبح أسيرًا لك ما بقي من العمر لأصبح امرأة

لا تعرف السبيل منك إلا إليك، ولا تحيا إلا على لمسة

يديك لتغدو كلها أنت، بكلامها وضحكاتها

بحزنها وآلامها للحد الذي تنسى من تكون فلا تكون،

فلا تعي إلا أنها خُلقت من ضلعك أنت،

ولا تنتمي لغيرك أنت.

"فراغات لا أكثر"

لا يغادر الشخص إلا عندما يشعر أنه فارغ في داخله، ولم يعد يحمل داخله عبء تلك المشاعر المؤقتة التي كانت مجرد فراغات تملأ الشقوق داخل الروح ليدرك أنها لحظات ضعف لا أكثر، وأنه لم يعد يمتلك القدرة على العطاء كما كان في السابق، حينما كان يطل بهالة من الألوان تسبغ على الاندماج والائتلاف مع الأرواح المرهقة حوله بالتعاطف وبما تحمله صفة الإنسان من معانٍ، والتي إذا ما انطفأت يومًا، وانتهى بريقها ومداها مع مرور المواقف ترك الشخص لاجئًا في نفسه؛ لذا لا تكن ذاك الذي يسمح بمنح تلك الفرصة الذهبية المتكررة للذي يستهويه فيك أن تملأ فراغاته لتنقص أنت وهو منك يكتمل، دع عنك التنازلات العاطفية، واصنع المواقف السيئة أحيانًا؛ لتعرف ما معنى أن تكون موجودًا بداخله، وكم سوف يضحي من أجلك ليعوضك، وكم سوف يتحمل سخافاتك المرتجلة، وهل سوف يبقى يحبك بجميع حالتك، بعدها يمكنك قول أنه يحبني، ولن يغادرني.

"بين الجرح وندبته"

هي لم تنسَ مرارة ذلك الموقف الذي مرت به منذ سنوات، وكأنما أصبح جزءًا من ليلها تتناول تفاصيله حرفًا حرفًا، وتتيه ما بين لوم مشاعرها المفرطة وما بين ما تظنه أنه كان تجربة، جمعت تلك الطعنات لتغلق عليها عينيها الغائمة، اللّتين ترشحان أسى فوق وسادتها، وذاك العويل الذي بات مع الوقت أبكمًا أصبح يضج في أعماقها فيها لتستفيق كل الجراحات من صدى الصوت المكتوم في أنينها، ويعقد كل جزء منها جلسة مواساة، ويقول لها بكل أسى: "لا عليكِ اهدئي إنه أمر قد انتهى منذ زمن ومضى حاملًا معه ما انكسر، فلماذا أنتِ عالقة هناك؟ لتجيب عنها الجراح التي قد تقيحت: "ولكنني لم أشفَ بعد، لم أشفَ مني ولا من طعن السنوات.

"عقول بلا المعقول"

هكذا هي الناس، لا تتقبل الاختلاف ولا الرأي ولا الرأي المضاد بمعنى لا أريكم إلا ما أرى،

تستنكر كل ما لا يشبهها ولا يلبي رغباتها؛

لأنها لم تعتد أن ترى سوى ما يعكس الفراغ الذي يسكنها، وما لم تتوقع وجوده في غيرها، تجاري بنظراتها وكلامها ولا ترحم ما لا تألفه، عندما تفكر أن تكون مختلفًا عنهم عليك أن تتوقع كل الصعوبات التي لم تتوقعها يومًا

أن تحارب كل المفاهيم والعادات، عليك أن تثبت للكل أنه ليس من الضروري أن نكون متشابهين لتستمر الحياة،

لكلٍ منا فكره الخصوصي ووجهات نظره الخاصة، وأنه علينا أن نرتقي فقط بتعايشنا ونترك مساحات للاختلاف فيما بيننا؛ لأن قاع التخلف قد ازدحم بالسخافات.

"حطام قلب"

يأخذنا التعب من هذا الواقع الذي لا نجيد قراءته إلى أماكن لا ننتمي

لها ولم نعلم من قبل أي شيء عنها، ربما تكون هي رد فعل لنبض جروح أصابتنا فارتخت قبضة الكتمان فتألمنا، أو ربما من شعور سيئ أسر بداخلنا، أو ربما من خذلان سقف سماء أرواحنا بغيم من الكآبة

فلم يكن بوسعنا إلا الهروب إلى ذلك المكان المجهول ما وسع لنا الهروب في هذا المدى الواسع،

لنبحث فيه عما يلائمنا ويرتق أرواحنا وملجأً يخفينا عن سطوة يد الحاضر،

وربما بعيدًا بعيدًا نبقى عن واقع أحبنا أكثر مما نحب أنفسنا فقتل فينا كل ما نحب

ونبقى نحن ضحايا واقعنا والواقع قاتلنا.

"عشقٌ بين الروح والقلب"

قال لها: كيف أحبس مداد أشواقي في حروف عابرة وأختصر ما لا يختصر في جمل لها نهايات وشوقي لا حد له، لا مفر من الحنين، لا حل له لا هروب منه ولا انتهاء،

تسكنين داخلي حتى في غيابك وأكثر منه في حضورك، عن ماذا تريدينني أن أكتب، عن قلب

لا يحيى من دونك ولا ينبض من دونك

أم عن عين لا ترى سواكِ مع ازدحام الوجوه حولي،

أو عن اشتياق يذوبني في جسدي كلما زادت هوة البعاد بين جسدينا على مفترق الطريق يأخذنا كل على حدة،

قالت له: كلانا يحترق في سره وكلانا

بشوقه لآخره البعيد في عمره دفين،

دعنا نتقابل في خيالاتنا عند آخر الليل

بعد أن تنام عيون الساهرين، واكتبني بين سطور في سرك كما تريد وكيفما تريد، فلم تعد تكفيني

تلك السطور معدودة الكلمات، وأن تكون مشاع على أول الليل للناظرين،

اهمس في مسمعي كم تحبني، فلم يعد يكفيني الحنين أن يكون أبكم الرائحة مثل رسائل البريد،

دعني أسيل من جسدك المحترق في أشواقه فأنا منه خلقت،

وفيه نشأت من أول التكوين، كيف تقول أنني أبتعد عنك وأنا بين

حنايا روحك أهيم، اقترب من روحي وتحسس داخلك وجودي فستجدني بين النبض والنبض أقيم.

"لا شيء في غيابك"

لا شيء يحدث في غيابك

دع عنك هواجسك وما خلفه

الغياب فيك من خدوش، لا شيء يحدث في

غيابك لكن لا شيء على طبيعته

طريق مزدحم ولا أصدقاء والزهور

تعاند قدرها وتحيا بلا ماء

أنفاس تختنق بين غفوتين

تحاول النجاة من كل ما قد

يحدث فقط هذا ما يحدث في

غيابك، لا شيء.

"خفايا ألم"

هناك جراح لا داعي أن تمس أو

أن يلمسها أحد لنشعر بالألم، بعض الجروح تألم بمجرد النظر أو الإيحاء بوجودها، لا تنزف ولا ترى كندبة على جسد، جروح الروح ينوب عنها كتمان الألم، الألم من نظرات المواساة،

ونحن ليس لدينا مهارة البوح عن سبب حدوثها لكنها حدثت،

هي تنهيدات ركب بعضها بعضًا وقد حبست فينا حتى ثقل الحمل على أرواحنا، ولم يكن السبيل لها سوى

حروف مبعثرة تخيط خدرًا أصاب قدرتنا على الألم، ولم نعرف كيف انتثرت من بين أصابعنا وسكبنا ما فينا على الورق لنقول أننا لم نصب بأي سوء، لكن ما زال هناك الكثير من الألم.

"لا أنا ما بين تقلب الشعور"

لا يمكنك قول أنا وما دوني أنا وما بعدي فقط أنا فتأخذك الأنا العليا لتبقى أنت فقط، فنحن لسنا أكثر من قلوب ننتقل بين فيض المشاعر ونبحر على ما يمده الغير لنا من نوايا، فما بالك بالقلوب، وهي لا ثبات لها

تتأثر بكل ما يمر بها تحن وتأن لمن ومن يرفق أو يقسو عليها، وتخاصم وتنأى بذاتها عن كل ما حولها وتأخذ قيلولتها في أي ركن هادئ خارج الزحام، فكل ما في القلب من صفات، إنما هي ردات فعل لما حولها ولا ثبات لأي شعور يولد ولا شعور يدوم، تكوينها الأول نبض مسالم، لمن خالف شعوره تجاهها لا تخالفه حافظة للكلمات والوعود وتعشق الوجود، هذا قلبي حفظته عن ظهر قلب، يبقى فيني قلب يكون فأكون مثل ما هو كائن، لكن ..باختلاف الشعور.

"المسارات الغير متوقعة"

تحدث أحيانًا متداخلات مفاجأة مع خط سير الأيام فتنعطف عن مسارها لتأخذنا إلى منحدرات تفوق قدرتنا نحن گبشر ولا تترفق بنا إذا ما ارتطمنا بهاوية ليتردد صدى السقوط مدويًا يشق صمت أحلامنا، هناك حواجز وجدت، ومُنعنا من تجاوزها؛ كي لا نرى ما يكن لنا الزمان على الجهة الأخرى من السياج الذي يحاصرنا، ولكن كانت سجيتنا أن لا ننحني تحت وطأة تلك الحواجز الثقيلة، كنا دائمًا ما نحلم والتوق للأماكن التي

تمنحنا السعادة بكامل خصوبتها، وانعدام صوت الضجيج الذي يستصرخ أرواحنا بقوله لم لا؟ لماذا منع منا هذا ولم يكن لنا، كنا نريد ذاك الأمل البعيد ونضع على عاتقه كل أحلامنا والممكنات، كانت نوايا صدق الوثوق بأننا سنصل إلى ما نريد يومًا حتمية، وركبنا الريح الصاعدة إلى أعالي حلم

مثل صعود طائر لأعالي التلال وكل شيء صار تحته ويصغر، لكنه لم

يتوقع أن يرتطم بصخرة وينكسر جناحه الذي يحمله ليسقط إلى هاوية، ولكن هذه المرة بدون أجنحة، بنزيف في المشاعر؛ ليوقن ويعرف ما خلف الحواجز ولما وجدت أصلًا قبل تكوينه،

ولكن ما نفع المعرفة بعد نفاد الأمر، وما نفع الوقت بعد فوات الأوان.

"خريف بعض القناعات"

من الأمور السخيفة في هذه الحياة أننا نبحث عن مطلق الأشياء ومنها السعادة المطلقة والتي هي لا وجود لها، الحياة مراحل كالفصول تختلف وتأتلف وتغير الإنسان من الداخل إلى الخارج والعكس، وفي كل مرحلة تتضح الرؤية أكثر ويصبح الإنسان أقل تفاعلًا وأكثر يقينًا أنه في مرحلة التهالك على تعبه بالبحث عن المطلق الأبدي لا أكثر، ويصبح متقبلًا بلا مبالاة فكرة الموت والتأقلم التام على أنه في يوم من الأيام لن يكون موجودًا في هذه الحياة؛ ليقتنع بعدم وجود المطلق الأبدي ومنها السعادة المطلقة.

"قل لي"

خذني إليك عانق روحي من وراء الكلمات، وارهف السمع

لنداء قلبي! ألا تشعر بتلك الخطوات الخفيفةُ الخفية وهي تحفك كأطياف بيضاء محملة برائحة الياسمين الشرقية، وتغزو بالشوق مسكنك كل ليلة، ألم تجد طعم شفتاي على فنجان

قهوتك المسائية التي باتت ثمالتها تنتظر فجرًا لترشف ما تبقى منها، ألم تشعر بأنك أصبحت مهووسًا بطعمها، دعني أفسر وأبوح

لك بأسرار وجودي بعد نومك، وأنا ألتمس مثل الريح، رماد

سجائرك لأكنسه عن كفيك وأمرر يدي فوق يدك منتهيًا بأجفانك

لألتمس بنعومة أناملي النحيلة، وهي تتخلل خصل شعرك حتى تستريح أحلامك! ألم

تشعر بدفء أحضاني وهي تلملم الأجزاء المتناثرة من حدة تعبك من كل الاتجاهات وتجمعك في آنية كفاي، لأتركك لتنام فوق ريش الحمام ليصغر الكون عليك في سعة حلم معي وحدي،

متى تشعر بوجودي وتستفيق لتراقص روحي على أنغام تلك السمفونية التي أصبح لحنها من صوتك وهمسك، متى تستفيق لتعانقني، متى تستفيق... قل لي.

"مشاعر في أحضان الجحيم"

هلَّ أزلت ذاك الستار بيني وبينك، ألم تتعب من حمله؟ ارمه جانبًا ولو قليلًا وهات يدك، خذني لعالم الخيال خذني لعالمك راقصني على أوتار قلبك، واعزف لي أنغامًا لا تنبغي لأحد سواي، فأنا لست مثل غيري وأنت لست عازفًا

كغيرك، دع ذلك الليل المعتم يطول إلى آخره وهو يحتضن أرواحنا كما يحتضن النجمات التائهات اللواتي يلوحن بنورهن وهن يصرخن بصوت خافت، أما من طريق للقمر! ألا تعلم أن المحب من دون لقاء يكون في قائمة المحبين مجرد خبر عاجل ينطفئ سريعًا ينسى في زحمة الأخبار، يبدو أنني تهت في هواجسي وأفلتت المفردات مني أتعلم ربما هو بداية الجنون وأن طريق الجنون لكل عاشق عليه أثر، هل أصابني الضياع مثل النجمات المتناثرات، وأمسيت أبحث عنك يا قمري! أم تراني أهذي بأفكاري بين الكلام تارةً وتارةً ألوذ

بالصمت وبين انتظاري وفوات الوقت ليأتي ردك بعد برهة، لتقول وبكل برود مودعًا: أسعدكِ الله انتبهي لنفسك، كم أود تمزيق الوقت وتمزيق ذاك الستار الذي كل ما هب شوقي دثر ملامحك ووجهك، كم أتمنى أن أقول لك بصوت مسموع، دع عنك هذا الستار... وهات يدك.

"خيبة أنثى"

والآن في هذه اللحظة تحديدًا لا أعلم أي شعور يتملكني، ضحكات ساخرة تطفو على وجهي يؤلمني ما تآكل من شفتي ولدت في مخيلتي صورة لتكون الابن البار لأفكاري كلما اتضح أمامه شيء لم يأبه بسبب تجليه لي من العدم وإلى ما ولد لأجله ليأتي اليقين معلنًا عن خيباتي، حملته بسعادة واسقيته الكلمات كغصنٍ شجر أثقله الثمر وما أن نضجت انكسر من ثقل حمله وجفت تحت أمها الكلمات والثمر، كنت أعلم أنك لست جديرًا بحمل كل تلك الأحلام التي سكنت أقبية الروح، ولكن لم أستطع أن أداري حماقاتي، تغلبت عليَّ ورمت بي عند سلال البنفسج على خطى الساهرين آخر الليل مع رائحة التبغ الذكورية التي كانت تنبعث من قصائدك لتسرقني، وإلى الهلاك تودي بي خلف تلال من الدخان، هل تسمع صوت الليل إذ ينادي باسمي، ويشرق باسمك! نام كل رواد الليل ولم يبقى أحد في الوجود إلا همسك الذي يداعب رقعة ساعة الحائط لأرقب الساعات وحدي، ها هو القمر يشارف على المغيب مغسولًا بانكساري

وخيباتي، تاركًا ذلك الظلام ينسدل على جفني، كيف أمحو آثاره عن صفة فضة نوره وهو بات منه وفيه لون الغياب، اذهب أيها القمر تزفك النايات النائحات إلى مرقدك فضيفنا لن يأتي اليوم ولن يأتي ولن يأتي.

"سقوط الأقنعة"

الآن أقف احترامًا للقناعة فيني على ما أفضت به على نفسي من تجارب، وتأتي وقفتي هنا والآن بعد سقوط الاقنعة واكتشاف كل من حولي لأقول منحنية شكرًا للظروف القاسية وشكرًا للأوقات العصيبة شكرًا لكل المواقف السيئة وأيضًا الجميلة شكرًا لمن أفلتوا أيدينا وإن كانت من بعد الخدش علمونا معنى الحرية علمونا أن نهديهم رحلة غياب أنيقة، وطويلة يحفها الصمت، علمونا أن نكون انتقائيين وبشدة كبستاني لا يقطف إلا الزهور الجميلة، علمونا أشياء كثيرة منها أن الحزن لا يشاركك به إلا من كان لك ظاهره كما سره حاضره كما في غيابه، وأنه هو السند، علمونا أن الضحكة ولهفة الانتظار على المرافئ مودعين كنا او مستقبلين لا تصلح لأي أحد، حقًّا شكرًا لكم من القلب أقول الآن شكرًا.

"لا شيء جديد"

مثل كل يوم يبقى اليوم ذاته معاد ومكرر ولا شيء جديد لدى الوقت، يهبُّ علينا من النسيان موعد لنا على طاولة نفرشها بالانتظار على تخوم الخيال، لقاء صغير عابر لنتفقد أحوال قلوبنا هو كل ما تمنينا، اختصار لثرثرة كثيرة تشهق بها أقلامنا على الورق، ننسج تفاصيل قد تشبهنا لتلائم اتساع الهوة بين أرواحنا الحالمة، وبعد أن ننتهي نعود لوحدتنا الصماء تضمنا وتسأل هل تغيرنا وهل أصبنا بأي سوء بعد هذا الغياب فلا نجيب، لكننا عدنا من غير سوء، نحاول ترميم ذلك الشرخ بيننا وما كنا عليه لنرمم فينا ما انكسر فينا يقينًا، ونشيد حول واقعنا سورًا للحصار؛ فنبتسم لسخافة آمالنا وتمرد أفكارنا الصغرى على مكنونات الروح الحائرة، لكننا عدنا من أحلامنا كل على حدة لا فكرة تجمعنا ولا خاطرة متواضعة ولا لفظة واحدة لتكون مفتاحًا لهذا الليل، ومثل كل يوم نعود لأنفسنا ونحتضن خيباتنا بقوة الحنين والإنشاد المتمم للغياب، وبكل وفاء نعود محاصرين من غير أي سوء.

"امرأة نصف ورد ونصف رماد"

امرأة جمعت من حقول الورد وكانت لا تشبه الورد بل وأكثر، لكن طغى قدر على تكوينها فجعل منها امرأة بقلب مسجى بين ضلوعها مكفن بكفيها، وعندما مر بها من حاول أن يعيد لقلبها حياته هجست له: عليك أن تعلم أنني امرأة شيء فيني يحترق، روحي هي التي تحترق لذا إياك والاقترابُ مني ومن نيراني، أنا التي خطت على نول الوقت من القسوة لقلبها معطفًا فابعد يدك ولا تجس أناملي فتصيبك لعنة قسوتي، لا تبحث عن متكأً لك بين حروفي، فهي عري المعنى ولا تستر من يرتمي خلفها فلا شوقك يشفع لك ولا يقربك من سياجات روحي تنل التمني، قال لها والقلب قد أضهى متيمًا إن كنت أنت رمادًا بعد احتراق فدعيني أحتضن ذاك الغبار الرمادي الباقي منك وإن كان لكفي أن تتخلل أناملك فتصيبني لعنةً القسوة منك فدعيني أضمك كلك ولا أريد أناملكِ فقط، لا تقولي أن لا أبحث بين حروفك عن مكانًا لي وحروفكِ كلها تحتويني، وأنا من ذاك الزمان ولدت عن قصد

لأكون لكِ أنتِ، لا القرب يؤلمني ولا البعد عنك يقيني نارك وما يهمني سواك أنتِ، وأنتِ كل الأشياء لي وأنتِ أجمل مكونات فرح خفي أنتظر أن يأتي، هذا شعوري أنا فقولي عن وصفك ما شئتِ، وأنتِ حرةً وأنا لست أبالي.

"رقم الأسى"

نحن الذين نالت منا الحياة ما نالت ولم تكتفِ منا، لكننا سنبقى نحن والأمل متعانقين في بداية كل يوم ونسرق من جيوب الوقت بسمة، و ننثر الورود على جانبي الطريق على المارين في سياق حكايتنا عن الحياة بكل حب، ونوزع تمائم السعادة على تلك الأرواح التي زرعت في قلوبنا أقواس قزح فتتلون ثغورنا بمختلف الابتسامات، تلك الوجوه التي رأت فينا ما لم نره نحن بأنفسنا، ما زالت الحياة تستحق الحب ما دام فيها تلك الأرواح الخفيفة، فلنعش حياتنا ببساطة وحب كي نسعد أنفسنا، ويسعد بنا من نحبهم.

"ألذ إدمان"

نحنُ ندمن الأشياء التي مسحت على قلوبنا برفق، التي حملت جزءًا من أرواحنا كمن يحمل غيمة صاعدًا إلى السماء ليعيدها على مهل إلى أمها، نحن نعشق الصمت وبصمت حول قلم أبكم نجتمع ويجمعنا، ومحبين للقهوة وصباحاتها وتتسلل إلى مساءاتنا أحيانًا فنحبها أكثر، نحنُ الذين نهرب من واقعنا لنلتقي بأنفسنا في الساحات الخلفية لأيامنا مع ألم الحنين للأشياء مهما كانت، لكننا نبقى كالآخرين، نشعر بالخذلان من الأشياء التي تعمد إلى أن تعكر مزاجنا الصافي، فنبتعد آخذين موعدًا جديدًا مع القهوة لنتعاطى منها ما يرتب انفعالاتنا، كل شيء يبعث على الانكسار إلا قهوتنا، هي واضحة من بدايتها إلى نهايتها ورغم سوادها ومرارها تأخذنا إلى متاهات عليا بعيدًا عن ما يشتتنا وعشقنا صهيل البن في الهواء حولنا ليملي علينا مشاعرنا، وفية لنا لم تنخدع بقطعة من السكر كما الآخرين في يومنا وبقيت مرة، هي الحب الأبدي هي قهوتي معشوقتي

"نعم هذهِ أنا"

وأنا يا سيدي أعلم يقينًا أنني لست من عجائب الدنيا قديمة كانت أو حديثة، ولا أنا تلك المنحوتة الأثرية النادرة التي تجوب المعارض ليرى الزوار مجدها، ولست أنا التي يحوم العابرون بي حول ظلي ولا أبحث أن أكون جدارية في أي بيت ومزارًا يقصده العُبَّادُ بالقلائد والأماني، لا،

لا أخرج من الركب السائر في يومه أبحث عن الاختلاف وعما يبهر، لا،

أنا يا سيدي امرأة أدرك أن الحياة ليست رحلة بحث عن الأنا العليا وعن تفردها وإنما أنا في رحلة لجمع شتات ذاتي في واحد، فيني أنا لأكون ما أكون كيفما أكون، لا أن أكون بلا نقصان بل أن أحيا بكامل النقصان فيني لأكون مكتملًا في كما أريد أن أكون.

"لا أحد ينهار نعم لا أحد"

لا أحد ينهار من أول مرة، من أمور بسيطة تكون بلا قيمة، لا أحد يفقد الرغبة بالحياة مصادفة،

جراء خيبة يتوقف أو يعود صاعدًا للوراء، ولا أحد يستدعي النهاية من يأس وضيق المدى على أحلامه فيتغير الطريق وينعطف، لكن هي تراكمات من صغائر الأشياء وعلى اختلافها

تفيض فرادا أو جماعات من كل شق في الحياة لتنهمر على قلب يئن تحت وطأة يومه، فيكون كالحصى الصغيرة تتجمع فتصير جبلًا ويثقل على الحصى الجبل فتئن،

هي أشياء صغيرة تنهمر على روح لم تجد للهروب من سبيل، لم تجد إلا بسمة على حافة شفة جافة تقابل بها سقطاتها، وترسل في المدى المفتوح الأمنيات؛

علها ترسم لها بالأمل الطريق الذي لا ينعطف ويوصلها إلى البيت لتركن فيه الروح وتستريح.

"صعوبات الحياة"

هي الحياة من صعوبات تولد الحياة، وعلينا أن ندرك أننا نعيش من أجل هدف، وأنه قد لا نبلغ أهدافنا من دون وجود هذه الصعوبات مرئية كانت أو خيالًا، أبسطها الجهد الزائد الذي يسبب احتراقًا في الروح، وأشدها الفقد لرديف الروح، وتختلف مسميات ما استصعب علينا في رحلة الحياة ونحن ذاهبين لنحي الحياة، ومن أوجاع الحياة مثل فشل في السعادة مللًا في الليل من وحدة صمت مطبق على ليل ولا صحبة كسور في الخاطر وحمى الحنين وغياب الغائبين والكثير الكثير، أمور يصعب حلها وهي غالبًا ما تجعل منك شخصًا يائسًا يلملم شظاياه عن أعتاب المحاولات المتكررة للبحث عن حياة بلا صعوبات، وذلك ما يزيد الأمر تعقيدًا، حتى تتمكَّن من تجاوز مصاعب الحياة والعيش بسعادة لا بدَّ لك من أن تتقبل كل المتغيرات التي تحيط بك التي ستحدث لك، وأن تكون مرنًا في التفكير مروضًا في ردات فعلك لتفتح أمامك اتجاهًا آخر في رحلة البحث عن حياة أفضل وأهداف محققة بإذن الله.

"نزيف الكلمات"

وأنني أود كتابة الكلمات التي أريد أن أقول بلا كلمات تسمع أو ترى، لا أريد رؤية حروفي تنساب نزيفًا من الدم الأسود على الورق، فقد أتعبني هذا المشهد البصري وأنا أصوب إليها نظرة فتدمي القلب وتدميني، هل لي بحبر غير الأحمر الكثيف الذي يتدفق من بين كلماتي، هل لي أن أسرق من القمر خيط ضوء لأنقش منه على الجدران ما أريد أن أقول، هل لي أن أطلب من نجمة رقصةً، وأفك عن خصرها قلائد الضوء فتضيء حروفي وتشع في البعيد وأجمع لغتي

وأخبئها داخل روحي وعندما أعود لطاولتي فإنني سأدع ذاك الشعاع يقترن بمحبرتي المدماة؛ علها تنجب لي كلمات جديدة وليست كما كان من الكلمات.

"صباحي المتكرر"

في إحدى صباحاتي عند باب البيت وقفت شمسُ صباحية وانعكست من نافذة في الجدار على وجهي، وابتسمَتْ لي شفتاها، أغرقتني بوهجٍ من خيوط برتقالية حديثة التكوين تأخذني من يدي مثل طفلٍ لتريني الاراجيح التي تعلقت بعينيها وأنا لم أعرف من قبل الأعياد وعادات الصباحات في ساحات اليوم الخالية، زاحمتني أفكار غريبة وأنا أعبث بخيالاتي فوق خيوط الضوء عن سبب تعاقب الأيام طالما لا شيء يتغير حتى أنا لا شيء جديد لدى أفكاري، تاهت بي قدمي وانزلقتُ فوق الظلال الفكرية التي تعلقت بجسدي ...خذيني اليكِ يا شمس يومي لأحيا الحياةَ الأزليةً، دعيني أنسج من خيوطكِ الذهبية أوتارا للحنٍ جديدٍ لا ينتمي لأغاني العابرين بجانب نصب الأمس يحملون سلالً البنفسج تنثرها الجميلات فوق أمسي فأغني مثلما هن يغنين، دعيني أحيا الحياة على هواي ولأكن نرجسيا إن لزم الأمر، وأخبئ في جيوب معطفي للحياة ضحكاتٍ وردية أواريِها عن الناظرين دعيني أحيا بين ثنايا الضوء، تتمايل خصل النور الدافئة فوق رؤوس الشجر، و المعطرة برائحةِ الصنوبر

والياسمين وأول المطر، دعيني أحيا، للقاء الأول وكأنهُ مع هذا الشروق فقط... الآن قد بدء التكوين.

أوجاع الياسمين

والياسمين وأول المطر، دعيني أحيا، للقاء الأول وكأنهُ

"الوسط المميت"

دائمًا من يدفع الثمن هم أولئك

الذين يعيشون في منتصف كل شيء، لا يمضون ولا هم باقون في الوسط المميت ويبقون يدورون فيه باحثين عن اتجاه للخروج من منتصف الأشياء، الذين لا يدركون هم في أي أين يعيشون،

هم سعداء أم تعساء هل يذهبون

أم يبقون هل هم أحرار أم مقيدون

هل هم يتنفسون الهواء

أم مختنقون وأن تكلموا باحثين عن دلالة الاتجاهات أعلن اليأس الحصار

على الكلام وإن صمتوا

تجرعوا العمر على مره بصمت وماتوا في منتصف الحياة كما عاشوا في منتصف موت.. ماتوا واقفين.

"ندبة في الروح"

شيدت لك في أعماق ذاتي مكانًا خصوصيًّا وسيجته بالروح وسقفته بالسحاب الأزرق ومددت الأرض لك الندى كي تستريح، فلم خذلتني يا ساكنا فيني قبل أن أعرفك،

ماذا حدث لك؟ أين الذي قلت حينما قلت لي بأنك تحبني بكل اللغات؟

هل ماتت الحروف في أعماقك فلفظتها عبثًا في الهواء لتتخفف من ثقل الكلمات!

وصعدت مشاعرك من احتراق داخلك لتصعد إلى متاهات عليا وتبخرت، لم يصبنِ من قبل سهمك الذي صوبته فلم الآن وبيدك تزرعه في صدري بعد أن صرت أعرفك، هل اتيت لتخبرني

إنك اخترت أن لا تفهمني

وانك لم تعد تملك مزيدا من المفردات والكلمات لتقول لي أنني كنت مؤقتة ومؤجلة ليوم الرحيل،

هكذا هكذا أتيت لتزرع سكين القدر

في خاصرتي بغتة

ليبقى عالق أثر جرحها

مدى العمر ندبة في هذا القلب،

دعني أخبرك بأنك قد نجحت بما أردت أن تفعله وفعلته،

نعم أصاب فعلك أعماقي وهز كياني

وتشوه الفرح داخلي وكل أركاني وأصبحت

أرى الدنيا بعين هرمةٍ أضاعت ذكراها وسقطت من الذاكرة، هائمة في شوارع الحنين من ركن إلى زقاق إلى زاوية

تقول وتعيد وتسأل العابرين من أنا ومن أنتم وأين أنا من الذي كان لي عيد، فلا أقول الآن سوى... اللعنة على الحنين

"بوح الكلمات"

لم يكن عجز الواقع عن رسم ثورة أجمل لنا وعليه بمحتويات أمسنا نهايةً لأحلامنا بأن يكون الغد أجمل وأن يكون كما نريد له أن يكون، نحن اللّذين إن امتلكنا القلم قلنا ما نشاء،

دعوني أبوح لكم ببعضٍ من أسرارنا؟

في كل ليلةٍ نذهب للقمر في زاوية السماء

لنعانق أحلامنا بصمت وننغمس معها بالخيالات وقد نلتقي

حبيبًا من وهمّ لا يشبه

حقيقة ارتطمنا بها في طريقنا للبحث عن تفاصيله في من حولنا، نستدرج الصور من عالمٍ أخر ونسيجها

بين رمشين ونطبق عليها النظر فلا نرى غيرها، خفايا أفكارنا أعمق من مكنونات بحر تلاطمت أمواجه على وجهه ليخفي عنا ما لا يجب أن يرى،

نرسم اللقاء

على نغمة وتر، وثرثرةً لا تنتهي ما بين جدلٍ وغزل

وأشياء كثير لا تحكى ما بين همساتٍ واختلاسات نظر

لنعود محملين بمشاعر متأججة لا تعرف الهدوء ما أن خطت

على الورق، وتخط أناملنا بتمايل وتتراقص بكلماتً لا

نعرف كيف تنتظم في سطر واحد يتلوه السطر، إنما هو بوح مشاعرٍ متلعثم غير مروض

مع قطرات الحبر ليكون لقاء الأرواح الحالمة بعالم أصم لا يجيد إلا النظر.

"محاكات بلا كلمات"

إنها الساعة الثانية عشر، إنه منتصف الليل ومنتصف كل الأشياء، انقسام

الوقت وانقسام أنفسنا، لتبدأ تنفصل عن الواقع لتبحر في عوالم الخيال

وتحملها الأمواج في عالم الأحلام إلى الجزر البعيدة هناك خلف المدى، ها أنا ذا بدأت أتراقص مع كلماتي وأمشي على

حواف السطور؛ كي لا أؤذيها فأصنع من صلصالها لنفسي بيتًا من نوافذه أنادي حبيبًا من

وهمٍ ليراقصني على معزوفة الليل للمرة الثانية ويكرر معزوفته على سمعي كلمات

غزلية أيضًا للمرة الثانية، وعندما يصيبني التعب اعود إلى نصفي النائم في الفجر على أطراف هواجسي لأغفى

بجواره وأتحسس أطرافه الباردة وأنغمس فيه لأستفيق وأنا امرأة ثانية،

وتعود الحياة مثل كل يوم لدورتها، وتحيا لأزليتها مرة
ثانية بين دقيقة وثانية.

وتعود الحياة مثل كل يوم لدورتها، وتحيا لأزليتها مرة
ثانية بين دقيقة وثانية.

"الهروب الأخير"

ها أنا ذا في ذات المكان الذي أهرب منه كل مرة وأعود إليه خلسة في المساء

إذا ما خفتت الأضواء وبقي القمر، محاولًا التعافي من الجراح التي أدمت قدماي باحثًا عن

النسيان لكل ما مررت به من ألم، ولكن دائمًا ما تخونني ذاكرتي وتحتفظ

بالصور المزخرفة بكامل تفاصيلها وتضعها في إطار الحنين للماضي اللعين، لتعيدني إليه وأنا أنساق خلفها في طرق اللا وعي ولأنسى ما كنت قد

مررت به لأعود لنفس المكان أول البداية مرة أخرى، لكنني والآن قررت أنني لن أهرب ولن أدع المكان ولن

أترك أثر دمي على الطريق حتى لا يكون دليل ذاكرتي عليَّ، ولن أكون ضحية النسيان ولا لخيانة الأزهار حين ذبلت فيني، وسأجمع الصور والأسماء التي تتركها لي ذاكرتي وأدفنها في ذاكرة أخرى وسأبقى هنا واقفًا أواجه

الألم واضمد الجراحات بتلك الكلمات التي هي كل ما
بقي لي، إن لم أشفَ من دائهم ومن شقائهم لكسري فأنا

لا أريد أن أشهق بالهواء الذي يملأه غبار الحنين دعني
لمرة وإلى الأبد ولا تعود، دعني الآن فأنا قد اكتفيت

فلا مزيد من الهروب ولا مزيد من الحنين.